小作久美子詩集

私の「父帰る」

はじめに

六十九年前に父が亡くなりました時
私は十六歳でございました
父にまつわる思い出や
あれからのち　折にふれての　当時の世相
日日の暮らし　季節のうつろいなどを
詩にまとめてまいりました
その中からいくつかの詩を　ここに収めさせていただきました
お読みいただければ幸いに存じます

小作 久美子

目次

第二章　大欅（おおけやき）

第一章

私の「父帰る」

私の「父帰る」

その日
朝起きたとき母はもういなくて
廊下にから拭きをかけている祖母が言った
「今日　お父さんが帰ってくる」
「どこから」
「――」

戦争が終って二ヶ月余り
十月の末の真っ暗な夕刻のことだった
足音のしないまま玄関のガラス戸が激しく開いて
「のりこぉ！　くみこぉ！」と
力のない叫び声が聞こえた
と　居間の入口のうす暗い角に
見たこともない男の人が立っていた

柱の陰のそのだぶだぶコート姿は
ぶら下げられた布の米袋のようで
上の方にはしぼんで黒ずんだ顔がついていた
丸刈りの頭の下に光る眼鏡のレンズに見据えられて
怖さの余り座ったまますくんでしまったわたしの目に
骨と皮だけの顎から右頬にかけてもり上がっている
大きなできものがとびこんできた

卓袱台を囲んで
二年ぶりで揃っておじやを食べた
祖母も母も黙っていた
姉はうつむいてばかりいた
「どこから帰ってきたの」とわたしが聞くにきまっていたから
「元気で帰ってよかった」とだれも口にしなかった

小さく折りたたまれた
監房の粗末なちり紙をひろげてみると
アカで捕われていた父が
隠し持っていた鉛筆の芯で書き記した文字が読みとれる
「久美子に会いたし久美子に会いたし一年生になった久美子に会いたし」
監守の目を盗んで独房で書いた父の短歌は何百
差し入れに来た母に戻した空弁当箱に入っていたという

わたしはとうとうなじめないまま
父は逝ってしまった
痩せすぎて足音のしなかった父は
わたしのところに未だ帰ってきていないと思っている
帰ってきたのは
拷問に傷めつけられた栄養失調の体なのに
執拗に脹らみ続けた　あの頬のできものだけだ

椰子の実

台所に立ちながらラジオのスイッチを入れると
「この歌は昭和十一年の第一回国民歌謡です
―名も知らぬ遠き島より―」

ああ　なつかしい「椰子の実」の歌
父が一番好きだった歌
戦後　やっと大学に復帰した父が
夕食のあとマンドリンをケースから取り出して
気に入った曲を次つぎと弾いてゆく
「椰子の実」の譜面の上には
赤い大きな丸印がついていた

「椰子の実」初放送の翌年
昭和十二年はわたしの生まれた年
日本軍による〝南京大虐殺〟の年
生まれたばかりのわたしを抱いて
父は口ずさんだであろう

「―流れ寄る椰子の実ひとつ―」
恐ろしい戦争の予感があったにしても
いっとき　父は幸せであっただろう

監獄で体を傷めた父が
長生きすることなく逝ってしまったあと
何回ものわたしの引っ越しについてきた
マンドリンのケースを
今夜　久し振りに開いてみよう
「―ふるさとの岸を離れて汝はそも波に幾月―」
マンドリンのトレモロが遠く耳に聞こえ始めるとき
父は　わたしの胸に帰ってきている

日の丸に敬礼

「いいもの見せてやる」
刑務所の差し入れに行った母を
看守がつれていったところは
がらんとした大講堂
と
一番前の方に
痩せ細った囚人服の男が一人
高く揚げられた日の丸に向って
何度も何度も最敬礼させられていた

「お父さんだったのよ　それは」
わたし達姉妹に
一度だけ話したことのある母
「この戦争は敗ける」と学生達にもらした父
「死ぬんじゃないぞ」と学徒動員の学生に
こっそり言い聞かせていたという父
一家の大黒柱が思想犯で捕まった日から

祖母にも母にもわたし達にもはられた
〃非国民〃というレッテル

あれから五十年
年老いて肉のおちた母は
今八十も半ば
鳥がらのようなその体から
剝れていったレッテルあとに
血が滲み出すこともあろう
わたし達は
もう何も聞き出さないでいる

このまま語らずして
母は逝ってしまうのだろうか
唯物論者だった父が
あるはずがないと言っていた
〃あの世〃に向って

もともと　空だった

朝早くから始まった騒音が
昼下がりに　はたりと止んだ
北側の腰高窓を開けてみると
万年塀の向う側の
隣の二階はすっかり取り壊されて
窓に干された赤い花柄のふとんも
晩秋の光を吸った屋根瓦もなかったから
窓いっぱいの空に目がうろたえた

お堀の角を曲がると
市電の窓には　いつも天守閣があった
大空襲の夜
天守閣は真っ赤になって崩れ落ち
夜が明けると
天守閣の所に空があって目がうろたえた
お堀に沿って電車が傾いて曲がるたび
わかっているのに
乗客達はその空に目を据えたまま顔を回した

見上げた時　必ずそこにあったものがないという衝撃
そこはもともと空だったのだ　というかなしい納得は
身体の奥深く　澱(おり)となって動かない

火柱

もえあがりもえひろがる
五月の緑
その中で
炎に包まれた天守閣があった
昭和二十年五月
大都市を焼きつくした敵機は
地方の町をも焼きにかかったのである

「城が燃えているぞ」
誰かの声に
防空壕に潜んでいた人人は
恐さも忘れて飛び出した
堀端の新緑が
片側だけ赤く映え
暗い夜空に
天守閣が火を噴いている

その光景に
息をのんだ人人の間から
「ああっ」と声があがった
崩れ落ちたのだ
音もなく一気に
艶やかとも言える姿で

あとに
一本の火柱が立っていた
炎に燃え立つ
城の大階段が
矢衾（やぶすま）の中に立ち往生した
弁慶のように
白み始めた天を突いていたのだ

今年も又
緑が
もえあがりもえひろがる
ゆき過ぎる五月の風に
いっせいにめくれて
色合いを変える木木の葉に
あの夜の
天守閣の姿が甦える
その記憶に
大階段の火柱が
くっきりと突きささっている

大空襲の夜の月

やっと逃げおおせた山裾の
岩陰に踞り
「水が飲みたい」と
小さな声で言ってみた
姉は　伸び上がって
はぐれた祖母と母を探している

暗闇の目の前に
ふわりとせっけん箱の蓋が浮かび
見知らぬおばさんが
水を差し出している
防空頭巾を後ろに引いて
喉を上げて飲み干すと
街の方から広がっている赤黒い空に
月が出ている
口の中に
石鹼のにおいが広がった

「ありがとう」と
おばさんに言った時
爆音が近付いて
月を遮って行く黒い飛行機から
焼夷弾の筒が雨のように降り注いで来た
伏せをしたら
又　幽かに石鹼のにおいがした
お風呂に入りたい　お母さん―
涙が　防空頭巾に滲み込んだ

頭を上げてみると
真上の空まで赤くなっていたが
爆音は遠のいている
姉と　手をつないで立ち上がった
祖母と母は
山に上にいるのかも知れない
涙の滲み込んだ防空頭巾が冷たくて
もう　石鹸のにおいも　しなかった
月は　どこにも見えない
月も燃えてしまったのだ
と思いながら　山道を急いだ

三月十日

お母さま
今夜
隅田川の川面には
雪溶けの冷たい風が吹いています
四十二年前の川面には
熱風が吹きわたり
その川底深く妹は沈んで行きました
わたしの髪には火の粉がとまり
足許には冷たい流れが

お母さま
はぐれる迄の
お母さまの手のぬくもりがなつかしい
三月十日が巡って来るたび
川面に漂い

岸辺に
お母さまの姿を探しています
今夜
流されて行く燈籠には
「安らかに眠れ」の文字が
揺れ動いています

お母さま
今夜の隅田川は冷たくて
安らかに眠ることは出来ません
わたし達の二つの燈籠を
お母さまの胸にしっかりと抱いていて下さい
妹は
四十二年もの間
川底から
お母さまを呼び続けています

丹波栗

丹波篠山（ささやま）の名産品　丹波栗は
どっしりと光っててのひらいっぱいの大きさだ
篠山の飛行場で
敗戦間際に死んだ若い叔父は
この栗を食べたことがあっただろうか

わたし達姉妹の兄さんのようだった叔父は
飛行機乗りになって篠山の飛行場で二年
出撃直前の特攻隊員には
酒や御馳走がふるまわれたという
その中に
丹波栗の煮つけや栗ご飯があっただろうか

「仲間の飛行機のプロペラが背中に――」
灯火管制の暗い部屋で
祖母は電報を読むなり座りこみ
両手で顔をおおっていた
叔父は飛行場で即死したのだった

新雪の飛行場に倒れた叔父の背中から
赤い血が一気にひろがっていったという
まるで日の丸の旗の風景のようだったと

今　丹波栗をてのひらにのせると
どっしりとした冷たさが体じゅうにひろがり
雪の飛行場のその風景が目に浮かぶ

白地に赤く
日の丸そめて
ああ　美しいですか
日本の旗は

私の「十月」

どっぷりと暗い十月半ばの宵の口
「のりこぉ　くみこぉ」
居間の襖のかげに現われた
丸刈りのやせ細った人

姉とわたしをじっと見ている眼鏡のレンズ
目にとびこんできた右頬の大きなできもの
今日帰ってくるよ　と聞かされていたこの人が
わたし達の父

どこから　牢屋から
人殺しより怖いと言われた思想犯の父
特高に連行されマッカーサーに釈放され
「この戦争は負ける」と言ったことの
どこが悪かったと言われ始めた敗戦の十月

だが父ではない
庭で大きな金魚鉢を洗っていた
浜木綿をていねいに咲かせていた
わたし達に写真機を向けて笑っていたあの父
吊り下げられたよれよれの布袋のようなこの人は

昭和二十年十月
拷問にも耐えて確かに帰ってきたけれど
未だに帰ってきていない父
私の何十回もの「十月」

澱

兵隊さんを乗せた汽車が
もうすぐ通過する
追い出されても追い出されても
真っ暗な大阪駅のホームの壁に
くっついて動かなかった
祖母　母　小学生の姉　幼稚園のわたし

「あ　汽車だ」
目の前を過ぎてゆく
兵隊さんの顔顔顔
「ああっ　正（たぁ）ちゃんだ」
「正ちゃん　正ちゃん」
「正（ただし）おじさーん」

昭和十九年春先のこと
あれが最後だったのか
兄と思っていた
飛行機乗りの叔父さんを見たのは
少し長目の顔　濃い眉
際立って白く見えた明るい笑顔

「あの時
『お願いします』って
正ちゃんが叫んだの憶えてる」
「知らない知らない　聞こえなかった」
年老いた母から
今になって初めて聞いた叔父の言葉
「お願いします」は
「姉さん　母さんをお願いします」だったのか

悲しみは　日ごとに薄れるというけれど
戦争の悲しみは
半世紀たっても
わたしの体の奥底で澱となって動かない
焼夷弾で
門の石段だけになってしまった祖母の家
正おじさんと追いかけっこした
その家の長い廊下が
光っていたのを思い出すとき
悲しみの澱が
ふつふつと　わたしの体じゅうを突き上げる

二つの太陽

「あれ　何じゃろ」
若い女先生が用務員のおじさんにつぶやいた
「太陽が二つ見えとる」
その一つが赤い火の玉にふくらんでゆくのは見えたが
「ピカッ」も「ドン」も憶えていない

爆心地から三百五十メートルの本川国民学校
校庭の片側に吹き寄せられた生徒二百名
死亡率五百メートル以内九十八・四パーセント―
助かったのはその女先生と二年生の一名だけだった

格別に暑い今年の八月の初め
鉄筋の外郭だけを残している本川小学校にも
四十五年目のあの日がやって来た
生きていた六名の生徒を流れの中に見失ったのは
本川のあの辺りのことだったと
六十三歳の女先生が廃虚の窓から見渡した時
強烈な陽の光が先生の目をつらぬいた

目まいをこらえて
穴ぼこのコンクリートの床にしゃがみこんでいるうちに
先生は　はっと気付いた
あの時
本当の太陽は
核のにせ太陽にやられてしまったのだ
あのあと何年間も
わたしの体から出てきたガラスの破片は
本当の太陽のかけらだったにちがいない

「わかったわ
あの時の二つの太陽はね」
と顔をあげて振り返ったが
用務員のおじさんがいるはずはない
四十五年間の悲しみがどっとふくらみ
先生は
初めて声をあげて泣いた
女学校を出たての十八歳の女先生に戻って
廃虚の教室に響きわたる自分の声のこだまの中で
いつまでも立往生していた

奈落の底

逃げるしかなかった
浜の方から
夥しい数のアメリカ兵がやって来る
持ち物は　手榴弾だけの
女　子供　老人達は
村のはずれへと追い込まれて行った

陽の降り注ぐ畠の向う側の
小高い丘に
ぽっかりと
横穴の入り口が見える
もう一つの
原始林の中の深い縦穴には
縄梯子がある筈だった

横穴に逃げ込んだ人人は
小さく見える穴の入口の
光を遮って動くアメリカ兵の影を見た
「出て来なさい　出て来なさい」
光のとどかない縦穴の底には
地下水に濡れながら
人人が抱き合っていた
穴に響きわたるアメリカ兵の呼び声に
縄梯子が揺れていた
「出て来なさい　出て来なさい」

横穴の人人は
思案のあげく
ともかく　出てみようと思った

穴から差し込む光
光の外には
自分達の広い畠があるのだ

だが
縦穴の人人は
あの時から四十年以上も
びしょ濡れのまま
闇の底で横になっている
せめて
一つの袋に　おさまってでも
外に出て
光の中に晒されたいと思いながら
誰も下りて来る筈のない
朽ち果てた縄梯子を
眺め続けている

原爆被災者名簿

慰霊塔の前に広げられた大布が
梅雨の合間に一段と白い
その上に　虫干しされている
被災者名簿は何十冊
市の職員達が
見え隠れする太陽に向って
汗だくで名簿の頁を繰る
弱い風にさえ頁がはためくのは
名簿に記載された十四万四千人が
年一回の陽を浴びたがっているからだろうか
「メクッテクダサイ
メクッテクダサイ」と

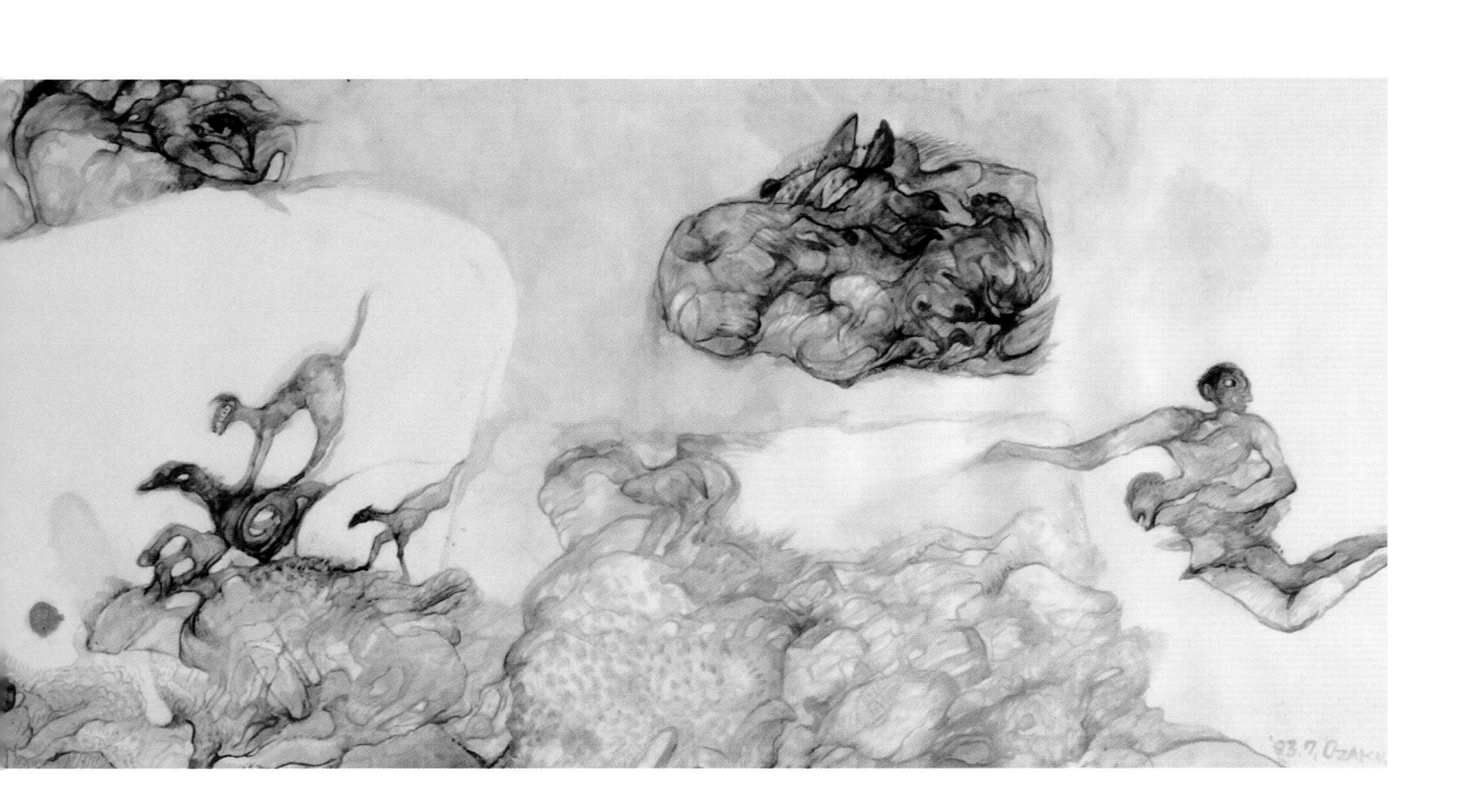

夕刻　雨が来そうなので
塔の中に名簿を納める職員達は忙しい
湿氣と水氣は禁物だから
重い戸　厳重な鍵
塔の中の暗い部屋で
十四万四千人は
今はもう　欲しがりはしない
「ミズヲ　クダサイ
ミズヲ　クダサイ」とは

水脹れになり
焼け焦げになり
折り重なって死んでしまった人人は
今
整然と名簿の中に並べられ
四十三年目の一年間を
又　塔の中で過ごすのだ
きちんと上を向いて
平ったくなったまま

《鬼が潜むII》2003年　97.5 × 413.0cm
東京オペラシティ アートギャラリー蔵

もう　大丈夫

晩秋のほんのわずかな夕まぐれ
自転車を引き出しながら
あらっ　西の方が火事

じゃなかった
何て見事な夕焼けの空
ちょっぴり暗い紅色がいっぱい

それはあのときの燃え上がった空の色
逃げ遅れた女家族四人
防空壕からとび出して走ったまっ暗な道

はぐれてしまったお母さんおばあちゃん
まっ赤な天が追いかけてくる
かぶさってくる落ちてくる　姉とわたしの頭の上

西の空を背に
自転車を商店街にぶっとばす
何をそんなに急いでいる
空の紅はもう燃えつきて闇の中
ほら　ふり向いてごらんよ

ＤＤＴ

戦争の終った翌年の春のこと
小学校の校庭に並ばされ
目をつぶり両手で耳をふさいで
頭をつき出すと
首筋から背中に
しゅうっとＤＤＴの粉が入った
蚤　虱　毛虱　家壁蝨（いえだに）　南京虫
手足の飛び火も疥癬も
まっ白にまぶされた
髪の毛にぶら下がっている毛虱の卵は
艶を失い白い小さな大角豆（ささげ）のように見えた

「効き目がなくなるから風呂に入らぬよう」
粉でがさがさに膨らんだおかっぱや
垢まみれの衣服の破れ目から
ＤＤＴのにおいが
教室じゅうに充満した
授業中　背中や頭がむずむずすると
「壁蝨が苦しんでんだあ」と
男の子達が騒いだ

「アメリカさんのデーデーテーは有難い薬」
やがてどの家庭でも
ＤＤＴの粉の入った
直径十センチ程の今川焼き状のボール紙箱を
両手でベコベコベコベコ
畳の縁にも裏返しにした寝巻にも
ベコベコベコ
粉だらけになってぐっすり眠ったのだった

今

「薬害」の書物には
〃有機塩素系殺虫剤〃の一番に
DDTが挙げられている
「自然環境に分解しにくく
食品汚染　環境汚染を引き起こし
神経系を冒して反復興奮を引き起こす」
戦後二十年余りたって使用禁止令が出た時
日本じゅうの家屋の床下　畳　天井にも
DDTが蓄積されていた

DDTは
敗戦国　日本の子ども達の栄養失調と空腹の上に
尚　ふりかかった災難であった
その子ども達も　今　五十歳から六十歳
体の奥深くに
戦争の恐ろしい記憶と
DDTの薬害が畳み込まれたまま
老年を迎えようとしている

玉音放送を聴いて

男達は言った
「どうすれば　いいんだ」
女達は思った
「赤いものが着られる」

その夜
男達は
暗い電燈の下で
頭を抱えたままだった
女達は
電燈の黒い覆いを
思い切って取りはずし
「うわあ　明るい」

男達は
重い頭に
いつ迄も
薄汚れた戦闘帽をかぶって歩いた
女達は
防空頭巾を脱ぎ捨てるや
風通しのよい前髪に
大きなカールをいくつも作り
高く高く　積み上げて行った

美しい衣をつけ
明るい空に
限りなく高く飛んで行きたい
耐えがたきをしのんだ
女達の心の中に
それぞれの天女が
生き続けていたのだった

「八月十五日」

家族の誕生日は忘れていても
前日になればいつも思う
あしたは「八月十五日」

自分の誕生日は忘れていても
朝　目ざめるなりすぐ思う
きょうは「八月十五日」

だから何十年たっても
ついでに思い出すことがある
「八月十五日」は
わたし達の結婚記念日よ

え　何年目かしら
五十三年目―ではないわ　えーと
三十六年目
戦争に敗けた日の方が
先にすらりと口に出てしまう
「八月十五日」と言えば　やっぱり
「昭和二十年八月十五日」

「シゲルズ　ランチボックス」

原爆の爆風に吹っ飛ばされた滋君は
河原で焼かれてお骨になっても
おなかのあたりに
その弁当箱を抱えこんでいた

米国スミソニアン博物館は
終戦記念五十年展に
「シゲルズ　ランチボックス」を
展示したいという
原爆投下命令書や
投下したB29「エノラ　ゲイ」と並べて

「滋の弁当箱だけは持って行って下さいますな」
八十六歳になる滋君のお母さんは
広島原爆資料館の館長さんに気がねしながらも
頷こうとはしない

動員に狩り出された中学二年の滋君が
蓋を取るはずだったその弁当箱は
歪んで穴ぼこだらけ
中には
まっ黒な御飯がいっぱいに詰まったままで

お母さんが御飯を詰めたのは
〃人類共有の財産である原爆資料〃の一つ
「シゲルズ　ランチボックス」にではない
育ち盛りの「滋の弁当箱」にであった
「お国のために働いて
弁当も食べられんと殺された
アメリカで見世物にして下さるな」
滋君のお母さんは
どんな説得にも耳を貸そうとはしない

「東京シューシャインボーイ」

戦争が終って
七歳だったわたしのお気に入りの流行歌
「さあさ　皆さん　東京名物
とってもシックな靴みがき」

あれから五十年近くたって
今　わたしは
一枚の写真に見入っている
占領時代の銀座のスナップには
靴みがき台に片足をのせ
指輪の光る長い指にたばこをはさみ
すまし顔でいるアメリカ兵が二人
その長い足の日陰で顔を傾けて
小さな少年が懸命に靴をみがいている

その少年と同じ程の年齢で
その頃　わたしは
家もあった　両親もいた
学校にも行った　友達とも遊んだ
空腹をこらえていたとは言え
毎晩　明るい電燈の下で
流行歌を歌って楽しんだ
「ぼくの好きなあのお嬢さん
きょうはまだこないけど」

東京の靴みがき少年って素敵だな
胸あてズボンに　はすにかぶった小粋な帽子
お金持ちのお嬢さんが
「きっと　あしたは　きてくれる
雨の降る日も風の日も」

冬を越したばかりの銀座風景の
靴みがき少年を
今
目を近づけてつぶさに見ている
だぼだぼの黒っぽい大人の上衣
小さな丸刈りの頭
垢まみれの細い首筋
しもやけにくずれた赤黒い耳朶

皹(あかぎれ)の両手で
ぼろ布の両端を強く握っている靴みがき少年は
駅の地下道で身を寄せ合って生きていた
浮浪児だったかも知れない
「シュッシュ　シュッシュ　シュー
シュッシュ　シュッシュ　シュー
愉快な靴みがき」なんて
嘘ばっかり！

水の骨

東京青山墓地の〃無名戦士の墓〃には
社会のために命を賭した人びとの分骨
二万体余りが納められている
そのほとんどが　水の骨だ

墓穴の中に並ぶ分骨は
年月を経て水になってしまう
骨壷の内側に水滴がとまり
次第しだいに大きくなって
壷の底にほろりと落ちる

骨はその水を吸い取り
その水に浸り
砕けてやがて小さな粒になり
なおもたまる水滴を浄化しながら溶けてしまう
色もにおいもない
これ以上澄んだ水はないという

彼岸入りの春の午後
今年の納骨式に備えて墓穴が開けられている
娑婆の光に目をむいている数知れない骨壷
その奥に
水の骨を集めた大甕が一つ
わたしの父も今はこの大甕の中にいる

監獄から出所して元気になった父が
まだ子どもだった私達によく言っていた
「あの世なんてないんだよ」と
でも
この大甕の〝あの世〟に父がいる
やがて甕から溢れ出た水が
土に滲みこんだとき
地球の中に父がいる
その地球にしがみついて
わたしが生きている

「みかんの花咲く丘」*

みかんが食べたかった
アメリカ兵の噛んでいる
チューインガムがほしかった
何でもいいいから　口に入れたかった

歌えば　おなかがすくだけなのに
「みかんの花咲く丘」を歌うのが好きだった
思い出の丘の道から
青い海のあの島を今日も一人で見ている
母さんのいないその女の子が可愛そうだった
ときにはそんな女の子になってみたかったから
荒れた紀州のお山にも昔のように
みかんの花が咲けばよいのにと思った

幼な心にしばし空腹を忘れさせてくれた
「みかんの花咲く丘」
歌ってみると
いくつになっても涙がにじみ出る

注　童謡「みかんの花咲く丘」加藤省吾作詞・海沼實作曲
昭和二十一年NHK「空の劇場」の歌
川田正子によって歌われ大ヒットした

るり色の皿

背伸びして棚から取り出したら
足もとでまっ二つ
皿の割れ口が鋭い刃物に映って見える

特攻機で跡取りを亡くした祖母と共に
身を寄せてきた大きな円いるり色の皿
本を売って闇市で買った白い砂糖をばらまいて
パンでつまみあげて食べたときのあのうまさ
進駐軍のＭＰ達にひと盛りさし出した
紀州みかんの何と黄色かったこと

拾い上げてきっちり合わせると
るり色の中に割れ筋も消えて
何事もなかったよう
そおっとくるんでセロテープでぎゅっととめる
わたしの手から落ちるなんて
割れてなんかいないわ
踏み台にのぼって元の場所に納めた

私の「父帰る」について

昭和二十八年（一九五三年）十二月二日に父、北川宗藏が四十九歳で亡くなって六十九年の年月がたちました。

私の父への記憶は敗戦をはさんでの約二年間は空白になっています。

父は昭和十九年三月に「治安維持法第一条」により思想犯として囚われの身となり釈放されたのは昭和二十年十月のこと、私達姉妹は国民学校の六年生と二年生でした。

私がこれ迄に書きました詩の中から父に関するものを抜き出し読み返しながら、あの戦争が生き残った大人達や子供達にも深い傷を残していったことを今更のように思い返しておりました。

詩というよりは記録のようなものですが、父を含むあの戦争の犠牲者への供養になればと願っております。

二〇二三年 初夏　小作 久美子

第二章

大欅（おおけやき）

春の雨

二日つづきの雨の夕方
鳥の声にさそわれて窓を開ける

うす茶色から淡い緑色に
一気に衣更えした大欅
ぬれた小枝をしならせて
並んでいるように見える小さな柿若葉
満開の桜色いっぱいのおとといまでの大舞台に
ひと夜ふた夜　雨の幕を下ろしておいて
場面を緑色に変えてしまった春の雨

毎年　同じ舞台装置をくり返しても
幕が上がるや
人びとが目を瞠(みは)り嘆声をあげる
春の雨は　達者な舞台演出家だ

こぶし

夜の裏道をふさいでいるほどに見える
満開のこぶしの下に立つ
風の気配に
花の間から
すっと夜空に逃げた白い着物姿
まばたきをしてじっと見つめると
枝えだがゆれて
花の隙間の黒い空が
白一色に埋まってしまった

歩き始めてふりあおぐと
花いっぱいの木の真上に
またたいている星が一つ
白い人のうす笑いに見える
小走りになって遠ざかり
角でもう一度ふり返ると
二つ三つと数をました星の下で
白い木が一段とふくらんで
こちらに向ってくるのだった

何の花

曇りの日の宵の口
おもてに自転車を引き出して
ペダルに足をかけたとたん
顔じゅうが
よい香りに包まれる

ひとこぎふたこぎ
ミックスされた花の香りに
肩も胸も包まれてゆくのに
振り返って目をこらしても
白っぽい空に
暗い道筋が続いているばかり

隠れているのは
大木の蔭の若木のこぶし
それとも
生け垣の内側の水仙の花
葉っぱの下で満開の銀木犀
香りのミックスは　きっと
冬と春との気温の矛盾に苦しんで咲いた
花花の叫び声

ペダルにぐんと力を入れて走り始めても
体じゅうをとり囲んで離れない
花花の叫び

何の花

「まあ　何てきれい」

満開の桜の下に立つと
花の精が
わたしの魂をふわりと抜きとって
花のすき間から天上にもってゆこうとする
見上げたまま
花びらの淡い色にはりついてしまった目
動かそうにも
浮き上がって地面につかない足

風が吹いて
ゆれ動く花いっぱいの枝えだが
わたしをまさに失神させようとしたとき
「まあ　何てきれい」
わたしの最期のひとことに
花の精がすっと手をはなし
我にかえった自分が
満開の真下に茫然と立ちつくしている

「から*たちの花」

耕笮少年は
その時
もう涙をぬぐっていたのだろう
自営館の裏口から逃れて出て
しゃがみこんだ時
カラタチの白い花が
目にはっきりと見えたのだったから
青い針のとげは
職工に足蹴にされた背中の痛みを
思い出させたが
秋になると
やわらかい陽ざしを受けたまろい金の実が
涙をぬぐった目にやさしかった

自営館は
八十年前に廃止になったが
今その跡地に
「からたちの花」の碑が建っている
碑の足許に一鉢
柳川の白秋記念館から届いたカラタチが
四、五十センチに育って
生け垣に植えられる日を待っている

進学できないほどに貧しかった少年達が
働きながら勉学していた自営館で
最年少だった耕笮少年は
機械油にまみれながらも
音楽の心を失っていなかった
作曲を始めたのは十六歳
歌曲だけでも七百曲
シューベルトのそれよりも多い

「白い花　青いとげ　まろい金の実は
自営館時代へのノスタルジアだ」
と後年語っていた山田耕筰は
「いじめられた少年時代」ではなくて
「みんなみんなやさしかった」ことを
望んでいたのであろう
「からたちの花」は
ソットヴォーチェ（声を和らげて）で
トランクイッラメンテ（平静に）に歌うよう
耕筰が楽譜に明示しているのは
その希いのあらわれだろうか

注　「からたちの花」北原白秋作詞・山田耕筰作曲

言の葉

火葬場の扉の中に
音もなく入ってゆく白布の寝棺
見送る人達の声のない最後の言葉
「さようなら」

焼場裏手の煙出しから
飛び立って行った白い鳥
嘴（くちばし）に沢山の言の葉「さようなら」をくわえて

春空には　小さな雲がいっぱい
「さようなら」も聞かないで
艦（ふね）ごと沈み
焼野が原の焼け棒杭になり
大津波に攫われた人達の
数知れない魂の雲

白い鳥が届けた言の葉を
雲達が包みこんで流れてゆく

何てきれいな春雲の絮（わた）

柿若葉

いち日がぽっかりとあいた日
急に立ち寄った娘とのおしゃべりにひとしきり
バイクの音を残して娘が帰ってしまったあと
洗濯物を干して畳にころがっている
窓の外には　ひと夜にして
向う側の大欅をほとんど隠してしまった柿若葉
ひんやりとゆれている若葉色の光と影の交錯
今日初めての半袖の腕に風がゆき過ぎる

娘は無事に帰りついただろうか
仕事が休みの今日は
夕食をちゃんと作るだろうか
他人のようで　やっぱり他人ではない
もうつながっていないようで　どこかつながっている
遠くても近い娘の存在を
不思議なことと考えてころがっているからだ全体を
柿若葉が
やわらかな緑色に染めあげてゆく

置き去り

風のなすままに
まくれ上がるカーテン
たえ間なく鳴っている風鈴
ちぎれた入道雲が
光を失って飛んでゆく
夏が行ってしまうのだ

ひきとめようにも
とどまることのない季節の時間
ひと夏　何もしなかった虚な気分が
飛んでゆく小さな雲を
わけもなく追いかける

やがてその雲も夜の闇の中
地球の自転から置き去りにされる気分の
晩夏の夕暮れ

酷暑を越えて

夏に倦んで
畳にころがると
背中には真夏の暑さ
腹の上には生まれたての秋の風
裏腹の暑さと涼しさにはさまれて
さようなら　夏
こんにちわ　秋

暑さへの恨みも次第に消えて
目をつぶったまま横向きになると
脇腹をさっとくすぐっていったのは誰

あれはきっと
ふざけん坊の子どもの秋
思わず笑い顔になったはずみに
ころがったまま
大人の秋のしのびよるのを待つ気分

肌がけ布団

肌がけ布団をふわりとかけて
足腰を伸ばしたら
あ　雨の音

肌がけ布団のぬくもりに
ふんわり目をさましたら
あら　雨の音

夕べも今朝も
ほんのわずかな雨の音
眠ったのかしら
ずっと変っていないしょろしょろ雨の音

「じっとして　じっとして
今日いち日　ずっと雨」
布団の中からやさしい声
「それでは」と
肌がけ布団を　またふわり

秋晴れの日

洗濯機の中から
裏返しで出てくるあなた
干し場で表に返すと
わたしが裏返しになった気分

きちんとたたんで
乾いたあなたをかたづける
ひき出しをぎゅっとしめると
やっと表に戻るわたし

今朝は快晴
たまにはあなたを裏のまま干しましょう
縫い目の中まで風を通しましょう
これでわたし
いち日じゅう表でいられる
またとない秋晴れの日

晩秋

夕暮れ前のほんのひととき
まだ葉を落とさない大欅が
金色に輝くときを見逃すまい

昼下がりというのに　もう傾いた太陽が
葉裏を赤茶色に染め始め
ひとそよぎの風で一気に紫色に変り
総柄の十二単衣が
うす青い空いっぱいに広がった

光るひだの間に
鋭いひと声と共に入りこんだのは
緑の色もあざやかなインコの群
さあと風が吹いて
やわらかな衣擦れの音に
あっさり飛びたってしまった

安堵したかのように
ちらちらと動く無数の金色の葉が
明日をも知れない十二単衣を
更にあでやかに光らせる
大欅は
冬将軍の足音など聞かぬ振りで
毎日　空高くから
ほんのひととき
髪の長い姫達を探している

枯葉の吹雪

お向いの奥さんも裏手のおばあちゃんも
箒にちりとりを持っておもてに出てみたが
掃くのをあきらめて入ってしまった

北風に
ざあっと声をあげる大欅
狂い落ちてくる大量の枯葉は
吹雪いて飛ぶ雪のようだ
道行く人びとも
枯葉に足をとられそうで
知らず知らず　雪踏みの恰好になる

風がやんで
いち早く　おばあちゃんの掃く音がし始めると
大袋を手にぼつぼつ出てきた奥さん達が
「きりなしですねえ」となぐさめ合いながら
掃きよせる
それは
雪のやんだ朝の風景に似ていて
めったと顔を合わせない近所同士が
〝近所同志〟の心になるひとときだ

そんな人びとを苦労させまいと
まだまだ残っている小枝の枯葉を光らせて
大欅も
見おろしながら　しばし静まりかえっている

少しだけ泣いて

雪をためこんだまっ白な曇り空が
やわらかな灰色をおび始め
落ちてきたのは
細い雨脚の小さな雨粒
遠い春の季節になぐさめられて
空が冷たい心をやわらげ
少しだけ泣いている

張りつめた大気がやさしくゆらいで
意地っぱりなわたしの心の中にそよぐとき
人前では涙にぬれたことのない両頬に
小さな雨粒をうけて歩いてゆこう
目の中いっぱいにやさしい灰色をあふれさせ
次の季節を呼びにゆこう

最後のうた

風もないのに
柿の枯葉の落ちる音は
音符一つだけのかなしみのうた
眠れぬまま目を閉じて
闇の海に漂う人の耳にだけ
歌いかけてくるさびしさのうた
わずかな余韻すら地面に残すこともなく
今夜限りのあっけない別れのうた
真夜中の
音符一つだけの乾ききったひと声は
柿の枯葉の
最後のうた

寒の雨

寒のさ中の雨の音は
心慰む春の歌
真冬の空をつきぬけた
遠い遠い高みの果てから
氷の粒が水となって落ちてくる
心静かな喜びの歌
地面に当るや離れ離れの音符になろうとも
乾ききった土に吸い取られ
土中で再び歌にまとまって
木の根や草の芽を探しあてる
確かな音程の恵みの歌

寒のさ中の雨の音は
ひび割れた人の心をもしっとりと濡らす
やさしい声の春の兆しの歌

断末魔の声

閻魔　病魔　悪魔には
縁のうすい人生だったけれど
睡魔はちょくちょくやってきて
絶体絶命わたしを打ちのめしてきた

わたしに寄りつこうとしなかったのは色魔
顔はピンクか赤い口はにやにやしているか
いちど会ってみたい見てみたい

ずっと思い続けて訪れてこないのは
詩魔の君
あなたの翼にわたしを乗せて
あの高みの世界につれてってって　と
日ごとにただ祈るばかり

人生の最後にやってくるのは
きっと断末魔だ
「お前は詩で嘘ばかり言ったな」と
首をしめるその巨大な手
そのときになって
はじめて詩魔が現われる
「おそいわ　もうおしまいよ
魂だけでも嘘で本当の詩の世界につれてって」
と断末魔の声をあげるわたし

泣いてはいない

奥の方にだけ明かりの見える保育園の
まっ暗な裏門から
ぬっと出てきた一台の自転車
前に小さな男の子
後ろには三歳位の女の子がのっている
保育園用のふくらんだバックが二つにお母さんのハンドバッグ
買い物のビニール袋をぶらさげて
ハンドルがぐらりとしたが
すぐさま走り出していった

そのあとから自転車に乗ってゆくと
曲がって曲がって一本道の先で
子ども達の泣き声がする
「ごめんね　ごめんね」とお母さんの声
倒れた自転車を起こそうとして
ふくらはぎをさすっているお母さんの後ろから

腰のあたりにげんこをふり上げている女の子
手ばなしで泣いているまだまだ小さな男の子

思わず自転車をとめて
「大丈夫ですか」と倒れている自転車に手をかけたとたん
「先に行って下さい　大丈夫ですから」
とつきさすような声
手をひっこめて子ども達の顔をのぞきこんだら
「どうぞ　先に行って下さい」
自転車を押し進めながらふりむいてみたら
お母さんがまだ自転車を起こしきれないでいる
子ども達は泣きやんだ様子だが
再びペダルを踏もうとしたとき
お母さんの鼻をすする音を聞いたと思った

でも
あのお母さんは泣いてはいない
ペダルを強く踏みながら
三十年ほど前の自分を一気に思い出していた
仕事部屋から出てみると
晩秋の早い夕暮れ
開けっ放しになっている暗い廊下で
じっとこちらを見ていた三人の年子達
「テレビ見ていい」
まん中の子どもの声がふるえていたっけ
「ごめんね　ごめんね」
おなかもすかせている　セーターも着せなければ　戸も閉めなければ
うわあと押しよせてくる家事
泣いてはいたが　泣いていなかったわたし

更にペダルを強く踏みながら
鼻をひとすすり
今頃になって　とひとり笑いしながら
顔に向ってくる寒風に
涙をひとはらいして走っていった

五つの青春

生春（生まれたとき）
閉め切った生あたたかい部屋から
春の戸外へとすべり出る
仰天の声「オギャア」
生涯の出発点は恐怖から

青春（十二歳から二十歳まで）
若葉青葉の青い風
上を向いて歩こうよ
時には泣きたいこともあるけれど
人生ブルーに見えるときもあるけれど

性春（四十歳まで）
増える増える
あちらで生まれる　こちらで出来る
子どものことで
一緒にくらす男と女が
本気で喧嘩をくり返す
喧嘩をしながらもりもり食べる
子ども達は　がりがり齧る

成春（五十歳前後）
落ちついてきました　やっと
息子は就職　娘は婚約
イタリア旅行にでも行きましょうよ
人生　秋でも
春が来た気分

静春（七十歳以上）
もう冬というのに
小春日和の縁側で
自分史執筆中のあなた
ボランティアに出かけるわたし
心の中に　それぞれの
小さな芽吹きを抱きながら
「静かだね」「ほんとに静か」
近寄るな　娘よ息子よ孫達よ

シルバー席

足を組んで
携帯　居眠り　お喋りざんまい
男も女も
黄色に白にピンクの髪に
シルバーをふりかけて
悠然とシルバー席に坐っている
ドア際の手すりにつかまり
ちらちらちらじろり
大荷物を片手に見ているわたし
シルバー席にわたしの席がないわけは
この年齢になっても髪の毛が黒いからよと
ひとりで
自慢しながらひねくれている

別居

八王子の山中の
アトリエに籠っているあなた
わたしにとって
居て居ない夫
ぼさっとしてまあまあかなと思える夫

洗濯物の紙袋と共に
帰ってきたあなた
わたしにとって
居て居る夫
縦のものは絶対に縦のままの夫

八王子の山中では
あなたにとってわたしは
居て居ない妻
よく働いてまあまあかなと思える妻

洗濯物と共に戻ってみると
あなたにとってわたしは
居て居る妻
口喧(やかま)しくて煩(うるさ)いばかりの妻

居て居ない夫がよい
居て居ない妻がよい
やっと仲良くやってゆけそうな
結婚三十五年目の爽やかな夏

お互い　自画自賛

〝牛は
力たくましく　じっくりと落ちついた性格〟って
書いてある
わたし　うしどし
思えば　力たくましい人生であった
おんぶにだっこ　おなかに一人
年子三人を抱えて　ずんずん歩いたものだわ
お金がなくて　バス代もなくて

困った事でもじっくり考え
落ちついて切り抜けてきたわたし
子どもの病気　入試失敗
アトリエ立退き　借家の明け渡し
貯金もなくて　誰も助けてくれなくて

「たいしたこと　ねえ」
「我関せずの人には　わかりません」
「関していたぞ」
「いいえ　わたし一人が
力たくましく　じっくりと落ちついて」
「大したものだよなあ
巨大な牛を　まっすぐ歩かせようと
後ろから追っていった奴は」

三十五年間も

一緒にくらして三十五年間
縦のものを一度も横にしないで
出て行ってしまったあなたの部屋は
山積みの縦のものばかり
横にして片づけようと
一つを動かしたら　みな崩れ落ちて
下敷きになってしまったわたし

やっとのことで起き上がり
きちんと横にしたつもりがみな斜め
中途半端な斜めを横にぐいと押したら
ぐらぐら倒れかかって
またもや　転んでしまったわたし

うんざりして転んだまま横になって眺めると
残っている縦のものが横に見える
そうだ
あなたがいつもそうしていたように
このまま　ずっと横になっていよう
そうすれば
縦のものは縦のままでいい

三十五年間も気づかなかったなんて
ごめんね　あなた

あとがき

母・小作久美子が詩作を本当の意味で始めたきっかけは、地元の自治体が主催する文芸賞に受賞したことだった。受賞パーティの席で選考委員のひとりから「あなたがついている先生はどなたですか」と訊かれた。その言葉を後日思い返したとき、詩は習うものなのだとふいに理解した。つてもないままその詩人を探し出すと、門を叩いた。それからというもの、毎週与えられる課題にまじめに取り組んでいく。

食卓で話す話題はいつしか詩に取り上げたいことになっていった。石川達三の小説『四十八歳の抵抗』に倣い、「四十八歳の無抵抗」という詩を書くのだと意気込んでいたことが思い出される。

「自分の人生はいったいなんだろうと思って家出をしてみるんだけど、結局、主婦は自転車で家に舞い戻るのよ。夕食の材料を積みこんだ自転車を押して――」

卓袱台を机がわりにして詩が書き出されるのは、決まって新聞の折込み広告の裏面だった。

母が五十三歳になった頃、私は結婚して家を出た。そのため、母がその後いかにして「詩魔」に取り憑かれていったのか、その経緯はわからない。

今回、この出版にあたり、初めて自分の母親の詩を詩集として読む機会を得た。

第一章「私の「父帰る」」は、思想犯で戦時中に牢獄にとらえられた自分の父親とぎこちない再会を果たす場面から始まる。章のタイトルを菊池寛の『父帰る』に倣い「私の「父帰る」」とするあたり、母らしい選択である。全編に通底する戦争への憎しみ。まだ十歳にも満たない子どもの理不尽な思い。そこに父親への深い思慕が交錯していく。

第二章「大欅」は、大人になった母が主婦の牙城である家と、家のごく近いところでの出来事が語られる。戦時とは違う平凡で平和な暮らしの中、母の喜怒哀楽が揺蕩(たゆた)う。

詩は不思議なものだ。日常での母の余計なおしゃべり、たいくつな戯言も、そのいっさいが詩の中ではそぎ落とされる。戦争のこと、実父のこと、季節の移ろい…それら母がとても大切にしていたことが、凝縮した形で差し出される。

私の知る母と、私の知らない母とがぎゅっと固まって、目の前に立ち現れてくる。

佐藤加奈（三女）

小作久美子（おざくくみこ）年譜

一九三七年九月　和歌山県生まれ。父は北川宗藏、経済学者で和歌山高等商業学校（現、和歌山大学）教授。幼少より音楽に興味を持ち、和歌山大学附属中学校時代には和歌山県のコンクールにてピアノ演奏で受賞。

一九四四年　父、治安維持法違反により検挙、収監。

一九四五年　父、敗戦に伴い釈放。

一九五三年　父、逝去。

一九五四年　東京へ上京し、都立富士高等学校に編入。

一九五六年四月　東京藝術大学音楽学部楽理科入学。

一九六〇年三月　東京藝術大学音楽学部楽理科卒業。

一九六二年三月　東京藝術大学音楽学部音楽専攻科修了。同大学を経て副手になる。

一九六二年八月　小作青史と結婚。以降、主婦業の傍らピアノ教室で生活を支えながら詩作をはじめ、新聞等に投稿。

一九六四～六六年　長女、次女、三女誕生。

一九八〇年　絵本作家の実姉、まついのりことの共著で作曲を担当し『みんなでうたおうよ（かんじのえほん）』（偕成社）を出版。

一九八五～九八年　詩誌「飛天」（飛天の会）に毎年作品発表。

一九八五～二〇〇四年　「文芸せたがや」（世田谷区）の詩部門で世田谷文学賞を「残飯」で一席受賞。他に、本書掲載の「火柱」、「からたちの花」、「丹波栗」など数多く受賞。

一九九五年　「場　UTPADA No.3」（こぶし書房）に「赤い表紙の「ボッカチオ」」を発表。

一九九九～二〇〇九年　「世田谷うたの広場」に歌詞で参加。

二〇〇三年　『詩集「私の父帰る」』を発表。

二〇〇九年　「詩人会議」（詩人会議）の自由のひろばで、「るり色の皿」が最優秀作品賞受賞。

二〇一二年　『詩と思想 詩人集 2012』（土曜美術社出版販売）に「搬入」を発表。

二〇一三年　「詩と思想」4に「あの子」を発表。

二〇一四年　「詩と思想」5に「片鱗」を発表。

二〇二〇年　『池辺晋一郎歌曲集』（全音楽譜出版社）に「さようならの影」が収録される。

■小作青史（おざくせいし）略歴

一九三六年、東京都生まれ。一九六二年、東京藝術大学美術学部美術専攻科修了。一九六八年、第二回クラコウ国際版画ビエンナーレでブロラッフ美術館賞受賞。一九七四年、第四回フィレンツェ国際版画ビエンナーレでエミリア・ロマーニャ県知事賞受賞。一九八四年、第二十七回安井賞展に出品。これまで東京女子美術大学、筑波大学芸術学部講師など歴任。木版リトグラフなど独自の技法を創案、後進の指導に当たる。現在、多摩美術大学名誉教授。日本美術家連盟会員、自由美術協会会員、日本版画協会名誉会員。

編集協力
小作志野
権田里絵
佐藤加奈

写真提供
彩鳳堂画廊
東京オペラシティアートギャラリー

小作久美子詩集　私の「父帰る」

二〇二三年六月二日　初版印刷
二〇二三年六月一四日　初版発行

著者　小作久美子
画　小作青史

発行者　生井澤幸吉
発行所　玲風書房
東京都北区東十条一-九-一四
電話〇三-六三二二-七八三〇
URL https://www.reifu.co.jp

制作　クリエイティブ・コンセプト
印刷・製本　神谷印刷株式会社

ISBN978-4-947666-84-0 C0092